Gazzotti
Vehlmann

allein

2 DER HERR DER MESSER

PIREDDA VERLAG

Für Pierre, Lucie, François und Marion,
unerschöpfliche Quellen der Inspiration.
Fabien.

Für Lucie, meinen Liebling, meinen Schatz.
Papa.

Aus dem Französischen von Horst Berner.
Herausgeber: Mirko Piredda
Lektorat: Martin Surmann
Lettering: Mirko Piredda

Titellayout: Rainer Ballin
Druck: Holga Wende, Berlin

Görresstr. 4, 12161 Berlin (Germany)
Telefon: +49 (0)30 41 99 91 95
Fax: +49 (0)30 41 99 92 00
E-Mail: info@piredda-verlag.de

www.piredda-verlag.de

ISBN 978-3-941279-61-2

Mit freundlicher Unterstützung von:

www.ppm-vertrieb.de

... ICH BIN GLEICH SO WEIT, DODJI.

FERTIG! HIER SIND MEINE SACHEN.

GIB HER, DAS TRAGE ICH.
OKAY. ICH NEHME DIE TASCHE MEINES VATERS, DAMIT ICH DEINE WUNDE VERSORGEN KANN.

... FÜR DEN FALL, DASS SIE ZURÜCKKEHREN SOLLTEN.

GEHEN WIR?

Wir sind im Hotel Majestic. Ich liebe euch sehr. Leila

DIE AUTOBAHN SCHEINT FREI ZU SEIN. EIGENTLICH MÜSSTEN WIR DA MIT DEM BUS DURCHKOMMEN... BRAUCHST DU NOCH LANGE FÜR DIE INNENAUSSTATTUNG?

KNAPP EINE WOCHE. WENN DIE ANDEREN MITHELFEN, ETWAS WENIGER... ABER DU KENNST SIE JA, SEIT WIR IM MAJESTIC SIND, LASSEN SIE ES SICH GUT GEHEN...

DA KANN MAN AUCH BESSER LEBEN ALS IM BÜRO VON YVANS VATER. DER AUFZUG MIT SEINEN STÄNDIGEN PANNEN GING MIR ZIEMLICH AUF DIE NERVEN!

EINE WOCHE IST LANG... SOLLTEN WIR NICHT LIEBER GLEICH MIT DEM AUTO LOS?
DU WEISST JA, DIE ANDEREN WOLLEN NICHT, DASS WIR UNS TRENNEN. UND ZU FÜNFT IN EINEM AUTO, DAS WIRD DIE HÖLLE, SPEZIELL MIT TERRY!... NEIN, NEIN, WIR NEHMEN DEN BUS, SELBST WENN DER SCHWIERIGER ZU FAHREN IST.

WIR SOLLTEN NICHT ZU LANGE WARTEN UND ÜBERPRÜFEN, OB ES IN DEN ANDEREN STÄDTEN AUCH SO AUSSIEHT!

EHRLICH GESAGT, DIE ANTWORT KÖNNEN WIR UNS DOCH JETZT SCHON AUSMALEN, ODER?... SONST HÄTTEN DIEJENIGEN GEANTWORTET, DIE WIR VERSUCHT HABEN ANZURUFEN.

SOFERN DAS TELEFON NICHT AUSSER BETRIEB IST.
DIE HANDYS FUNKTIONIEREN JA AUCH NOCH...

PUAAH?!

BÄH!

MANN, DAS STINKT JA FURCHTBAR!
... DA BEGINNEN EINIGE SACHEN ZU FAULEN.
MIDNIGHT TARK SHOP

WENN DIE BARS UND DIE FEINKOSTLÄDEN NOCH OFFEN HATTEN, ALS ALLE VERSCHWUNDEN SIND, MUSS DAS VOR ZWEI UHR MORGENS PASSIERT SEIN.
UND NACH 23 UHR 30... YVAN ERZÄHLTE MIR, ER WÄRE UM DIESE ZEIT EINGESCHLAFEN. DAS GIBT UNS EINE UNGEFÄHRE ZEITVORSTELLUNG.
HAST DU GESEHEN? DA HAT SCHEINBAR JEMAND DAVON... GEMAMPFT!

WAS MEINST DU MIT "GEMAMPFT"?
?!

HAAAAAHHAAAAAAAAA!

GANZ RUHIG, BIJOU!

GLEICH HABEN WIR'S GESCHAFFT, DA IST DIE STRASSENSPERRE!

ROOLOROOLO

AUA!

FRRRRR

HA, HA! NA, BIJOU, DA HAST DU UNS JA WIEDER EINEN SCHÖNEN SCHRECK EINGEJAGT!
PFFFFF!

ES REICHT! VERSCHWINDE! DIE ALTSTADT GEHÖRT UNS JETZT NÄMLICH ALLEIN!

KLARO?

HAHAHA! ALTER DICK-WANST!

5

MAJESTIC

RÄUMST DU IMMER NOCH DIE GESCHÄFTE AUS, TERRY?... ES WÄRE KLÜGER GEWESEN, DU HÄTTEST CAMILLA IN DER KÜCHE GEHOLFEN!
DAS MACHE ICH SPÄTER. ICH BRAUCHE NOCH SPIELZEUG FÜR MEIN DRITTES ZIMMER.

DEIN DRITTES ZIMMER?
AUS DEM WEEEEEG! MACH PLATZ FÜR MEINE SCHUB-KARRE!

ICH KOMME GLEICH NACH... ICH SEHE MICH MAL UM, OB ICH NOCH EIN PAAR DINGE FÜR DEN BUS FINDE.

ACH JA? BEZEICHNET MAN DAS JETZT SO, WENN MAN DEN TÜCKEN DES GEMEIN-SCHAFTSLEBENS AUS DEM WEG GEHEN WILL?...
NEIN. DAS IST NICHT MEINE ART.

VERLIER ABER KEINE ZEIT. WIR WERDEN BALD ESSEN.

WILLST DU, DASS ICH DIR MEIN STOCKWERK ZEIGE? SAG SCHON? WILLST DU'S SEHEN?
DAS HAST DU MIR DOCH SCHON ZIGMAL GEZEIGT, TERRY!

KLAR, ABER, ABER... DIESMAL IST ALLES GANZ ANDERS! VIEL BESSER! DAS MUSST DU UNBEDINGT SEHEN!
OKAY, OKAY, ABER BRÜLL BITTE NICHT SO RUM!

HIER SIND MEINE ACTION-PLAY-FIGUREN UND DA DIE ROBOTER.
ABER DIE KENNST DU JA.

UND DA HABE ICH EINE GANZE STADT AUS PLAYMOBIL.

SCHAU MAL! JETZT SPIELE ICH DAS SCHRECKLICHE MONSTER!
OUAAARRR
DU **BIST** EIN SCHRECKLICHES MONSTER, TERRY!

UND JETZT KOMMT'S! DAS IST DAS ZIMMER MIT DEN PLÜSCH-TIEREN!

DA KANNST DU DICH ÜBERALL REINSCHMEISSEN! UND ES TUT ÜBERHAUPT NICHT WEH! PLÜSCHTIERE SIND NÄMLICH WIE KISSEN, DAVON KRIEGST DU KEINE BEULEN, VERSTEHST DU?
HAHA!

SEHR SCHÖN, TERRY, DANN SCHMEISS DICH MAL REIN... DAS WIRD DIR GUT TUN.
JAHUUUUU! JUCHUUU!!
BROF BLOUF
3418

LEILA, KANNST DU MIR SAGEN, WO ICH MESSER FINDE?
?!

IN DEN KÜCHENRÄUMEN IST KEIN EINZIGES MEHR...
FÜR SO EIN HOTEL FINDE ICH DAS ZIEMLICH SCHWACH!

WO HAST DU DENN DEN HER?
IST ER NICHT SÜSS?

DEN HABE ICH AUF DER STRASSE GEFUNDEN. ER KOMMT WAHRSCHEINLICH VOM ZIRKUS. ICH HABE IHN AUF DEN NAMEN SILBERNER PRINZ GETAUFT.

DEIN SILBERNER PRINZ HAT GERADE EINIGE PFERDEÄPFEL IM GANG FALLEN LASSEN.

UND ER TAT DAS GANZ ENTSPANNT, OHNE SICH DABEI UNTER SEINER LANGEN MÄHNE VIEL ZU DENKEN... ICH BIN SEHR BEEINDRUCKT.
O NEIN, PRINZ, DAS GEHÖRT SICH DOCH NICHT! NICHT IN EINEM FÜNF-STERNE-HOTEL!

GUT, DANN LASSE ICH DICH JETZT ALLEIN MIT DEINEM PONY MÄCHTIGER MIEF. ICH NEHME VOR DEM ESSEN NOCH SCHNELL EIN BAD.
MÄCHTIGER MIEF?
8

ALLES OKAY, YVAN?... GENIESST DU DAS LEBEN?

GLAUB JA NICHT, ES WÄRE LUSTIG, DAS GANZE BRANCHENVERZEICHNIS DURCHZUTELEFONIEREN...
UND DANN SCHALTEN SICH DOCH NUR ANRUFBEANTWORTER EIN!

... HALLO, GUTEN TAG! ENTSCHULDIGEN SIE DIE STÖRUNG. ICH WOLLTE NUR WISSEN, OB SIE AUCH VERSCHWUNDEN SIND. DANKE.

NUN JAMMERE NICHT... JEDENFALLS HAT DICH KEIN NASHORN VERFOLGT!
JA, SCHON, ABER SO EINE VERFOLGUNG DURCH EIN NASHORN IST WENIGSTENS NICHT SO LANGWEILIG.

UND INTERNET, FERNSEHEN, RADIO?... HAST DU ÜBERPRÜFT, OB SIE WIEDER FUNKTIONIEREN? WIR MÜSSEN IRGENDWIE VORANKOMMEN!
HE, NUN MAL LANGSAM! ICH HABE WEDER SECHS HÄNDE NOCH ZWEI KÖPFE. DAS MACHE ICH DANN SPÄTER!

HAST DU DIR WENIGSTENS DIE ZEIT GENOMMEN, UM EIN PAAR SACHEN VON DEINEN ELTERN ZU HOLEN?
JA!

UND DABEI HABE ICH BEI MEINEM VATER ETWAS TOLLES GEFUNDEN... SOLL ICH ES DIR MAL ZEIGEN?
9

T.MAIYZA
23

NA, SO WAS!
GIRLY GIRLY!!
GIRLY GIRLY!! 23

... DIE WIRD DOCH NICHT ETWA MIT DIESEM BLÖD-MANN VON TETSUO AUSGEHEN?

?

BAAANG
?!

BANG
KLING
BANG
10

BANG
KLIRR!

JAAA! EIN ECHTER VOLLTREFFER!
WOW! DAS SCHÜTTELT EINEN RICHTIG DURCH!

BANG

SKLING
HAHA! DER SCHUSS HAT GESESSEN!

WILLST DU AUCH MAL PROBIEREN?
NA KLAR!

WIE KOMMT ES, DASS DEIN VATER SO EINE WAFFE HAT?
ICH WEISS NICHT... ABER ER SAGTE IMMER, DASS ES IM BANKWESEN ZUGEHT WIE IM KRIEG!
ICH HOLE NOCH EIN PAAR FLÄSCHCHEN.

YVAN, ICH VERRATE DIR EIN GEHEIMNIS... WEISST DU, DASS MIR MEINE FAMILIE UND MEINE FREUNDE AUS DER SCHULE UNHEIMLICH FEHLEN?

DABEI HABE ICH SIE MANCHMAL ÜBERHAUPT NICHT VERMISST... ALS HÄTTEN SIE NIE EXISTIERT!...

BANG
WOOOOWW!

JUHUU! EINFACH GENIAL!
WAS MACHT IHR DENN FÜR EINEN HEIDENLÄRM?
HABT IHR KNALLER?! MACHT IHR EIN FEUERWERK?!

HIER STEHT DER OBERSTE BOSS VON ALLEN FEUERWERKERN... EIN TYP, VOR DEM SOGAR DIE MAMMUTS, DIE IHRE TIEFGEFRORENEN MÜTTER BEWEINEN, IN DIE KNIE SINKEN!
DIE MÜSST IHR MAL AUSPRO-BIEREN!

ECHT IRRE! DIE WILL ICH HABEN!
OOOH, IST DIE SCHWER!
DAS KANNST DU LAUT SAGEN!
DAS IST EINE SMITH & WESSON 44ER MAGNUM. DAS HABE ICH AUF DER MUNITIONSDOSE GELESEN.

TERRY, DAS IST KEIN SPIELZEUG!
ICH BIN DRAN! GIB HER! GIB HEEER!

WAS MACHT IHR DENN DA?

BLEIB COOL, DODJI... ICH HABE IHNEN NUR DIE WAFFE GEZEIGT, DIE ICH BEI MEINEM VATER GEFUNDEN HABE.

... WAS HAST DU DA?...

ARMER IDIOT!
AUH!

HAST DU SIE NOCH ALLE?!... YVAN HAT DIR DOCH NICHTS GETAN!

GIB SIE SOFORT HER!

HAST DU NICHT GEHÖRT?
DU TRÄUMST WOHL!... WIE REDEST DU ÜBERHAUPT MIT MIR?!

GIB HER, HAB ICH GESAGT!

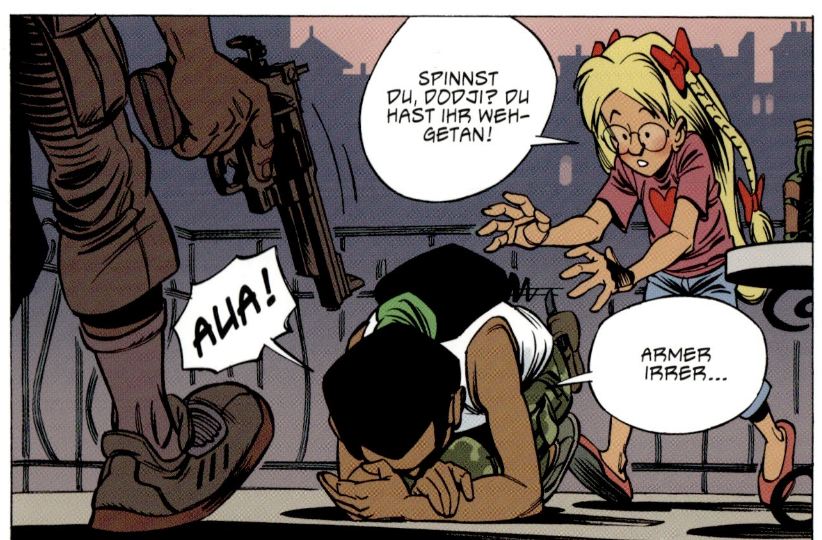
SPINNST DU, DODJI? DU HAST IHR WEHGETAN!
AUA!
ARMER IRRER...

SAG MAL, WAS IST DENN MIT DIR LOS? WIR HABEN DOCH NICHTS SCHLIMMES GEMACHT!
DU BIST BÖSE!

IHR... IHR HÄTTET EINE DUMMHEIT BEGEHEN KÖNNEN...

DA WAR KEINE MUNITION MEHR DRIN, WIR HATTEN SCHON ALLES VERSCHOSSEN! UND WEGEN DIR BIN ICH JETZT VERLETZT!

IHR REAGIERT WIE KLEINE KINDER. ICH HABE DAS NUR GEMACHT, WEIL...

DAS HAST DU NUR GEMACHT, WEIL DU MEINST, DU WÄRST UNSER ANFÜHRER! ABER DAS BIST DU NICHT! DU HAST ZU VIELE CLINT-EASTWOOD-FILME GESEHEN!

DIE WAFFE GEHÖRT YVAN! GIB SIE IHM!

OKAY, SCHON GUT... ICH HABE VERSTANDEN.
BONK

UND EINES SAGE ICH DIR, FASS MICH JA NIE WIEDER AN!
14

ALLE SIND VERSCHWUNDEN... DER SUPERHELD IST ALLEIN MIT SEINER LASERPISTOLE.

DOCH DER DINO WILL IHM DIE LASERPISTOLE WEGNEHMEN! ROAARAARRH...
HILFE!! ZU HILFE!

OOOH! DA ERSCHEINT DIE IN DER DUNKELHEIT LEUCHTENDE JUNGFRAU, UM DEN SUPERHELDEN ZU RETTEN!

ABER DER DINO IST ZU STARK. ER FRISST DIE JUNGFRAU!
ROOAARAARRAH!

JETZT KOMMT EIN GROSSER STURM! AAAAH, WIR SINKEN! AAAAH, WIR SIND ALLE TOT!
KLICK
BLUB BLUB BLL

DODJI, GEHST DU?
JACUZZI

DU SOLLTEST SCHLAFEN. ES IST NOCH FRÜH AM MORGEN.

MEINE SPIELSACHEN HABEN MICH SO AUFGEDREHT... SAG, GEHST DU FÜR IMMER?
KLICK
BLU BLUBB BLL...

... GEH WIEDER INS BETT, TERRY.

16

SO IST DAS ALSO? ICH SPIELE DEN ANFÜHRER?!... HA!

UND WAS IST MIT DIR? DU SPIELST DICH DOCH AUCH SO AUF, DU BLÖDE... **DU BLÖDE KUH!**
TOK

WO WÄRT IHR DENN OHNE MICH? OHNE MICH WÄRT IHR DOCH SCHON ALLE TOT, IHR SCHLAPPSCHWÄNZE!

GENAU, ALLES SCHLAPP-SCHWÄN-ZE!

17

LEILA, WENN DU DICH SCHON WIEDER ÜBER MICH LUSTIG MACHST...

!!

TIKLING KLING

NIMM AB, LEILA, NIMM AB... RHAAAA, VERFLUCHTER ANRUFBEANTWORTER!

LEILA, ICH BIN IN DER RUE SAINT MARTIN. ICH GLAUBE... ICH GLAUBE, ICH HABE EINEN ***ERWACHSENEN GESEHEN!***

ICH RUF DICH WIEDER AN.
18

MIR IST LANGWEILIG.

MIR IST SOOOOOOOOOOOOO LAAAANGWEILIG!

CAMILLA, SPIELST DU MIT MIR?
!!

ICH... ICH HABE KEINE ZEIT. ICH MUSS MEINE HAUSAUFGABEN MACHEN!
HAUSAUFGABEN? ABER ES GIBT DOCH GAR KEINE SCHULE MEHR!

WER WEISS! ICH WILL ABER NICHT ERWISCHT WERDEN, WENN ALLE WIEDER DA SIND.

WAS TRÄGST DU DA FÜR EIN KOMISCHES KLEID?
ICH HABE ES NUR AUSGELIEHEN! ICH BIN KEINE DIEBIN!

MIR EGAL. ICH HABE AUCH EINE GANZE MENGE SPIELZEUG GEKLAUT!
RAUS HIER UND LASS MICH IN RUHE!
19

ACH-
MIR-IST-SO-
LAAAAAANG-
WEIIIIILIG!

KOMMST DU MIT MIR SPIELEN?
NICHT SO LAUT, KLEINER GREMLIN... YVAN SCHLÄFT NOCH, ER HAT SICH DIE GANZE NACHT ÜBER ERBROCHEN.

SPIEL ALLEIN, TERRY... ICH MUSS MIT DER INNENEIN-RICHTUNG DES BUSSES FERTIG WERDEN!
ABER?!... WAS NÜTZEN MIR DIE 10.000 SPIELSACHEN, WENN NIEMAND MIT MIR SPIELT?

DU KANNST DAS GESCHIRR VON GESTERN SPÜLEN.
DAS IST ABER EIN BLÖDES SPIEL!
DAS IST KEIN SPIEL, SONDERN EIN AUF-TRAG!

UND SPÜL SAUBER AB, ICH WERD'S KONTROL-LIEREN.
GRRR

20

SCHACHTELN VOLLER NÄGEL... DIE MÜHE HÄTTE ER SICH SPAREN KÖNNEN...

GLAUBT DER BLÖDMANN ETWA, DER BUS WÄRE AUS HOLZ? RHAAA!

KLING... KLINGTING...
!!

TING
KLING
?!... WAS... WAS WOLLEN SIE...?
HAAAAA

HHH...
HAAAAA!
KLAK
KRRIIIIIIIIII
TINK
TINGKLINK
23

YVAN, STEH AUF!

DU SIEHST AUS WIE EIN ZOMBIE. MUSST DU SCHON WIEDER KOTZEN?

JETZT WEISS ICH ES WIEDER...
WAS DENN?

WAS AN DEM ABEND PASSIERT IST, ALS ALLE VERSCHWUNDEN SIND... PAPA HAT MICH AUS DEM BETT GEHOLT, ICH KONNTE NICHT RICHTIG SCHLAFEN...

DANN HAT ER MICH UND MAMA INS AUTO GEBRACHT... ER HATTE ANGST, ER SAGTE... DIE FÜNFZEHN FAMILIEN HÄTTEN ETWAS GEGEN UNS... WIR MÜSSTEN WEG, BEVOR SIE UNS UMBRINGEN...

WAS FÜR FAMILIEN?

HE, YVAN! WARUM SCHLÄFST DU JETZT EIN?

GNN?
WAS HAST DU GESAGT?

HM?... VON WAS REDEST DU?
ACH WAS, DU HAST EINFACH QUATSCH ERZÄHLT... KOMMST DU JETZT? ICH HATTE EINE TOLLE IDEE, WIE MAN DAS GESCHIRR SUPERSCHNELL SPÜLEN KANN!

ICH HABE GESCHIRRSPÜLMITTEL REINGESCHÜTTET UND DANN MIT DEN FÜSSEN GEPLANSCHT, DAMIT ES SCHÄUMT!
GANZ TOLL, TERRY...

KOMMST DU JETZT MIT MIR SPIELEN?
FRAG LIEBER DIE ANDEREN.
AUA!

LEILA UND CAMILLA SIND BESCHÄFTIGT... UND DODJI IST HEUTE SCHON FRÜH WEG. HOFFENTLICH NICHT FÜR IMMER. ER HAT NICHTS WEITER GESAGT.

... DODJI IST WEG?

25

NEIN!

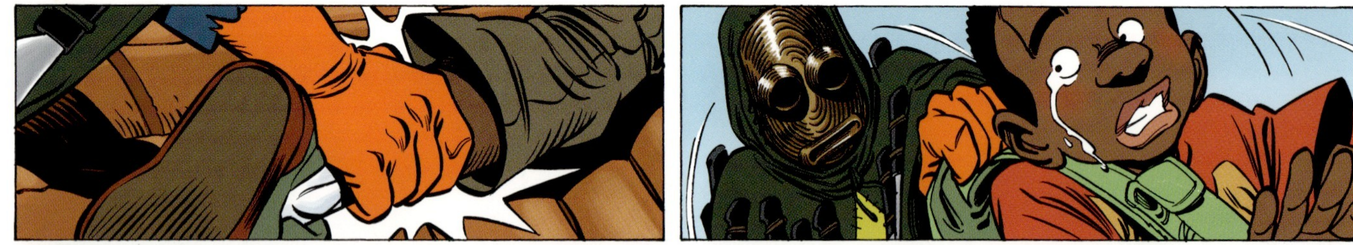

26

ICH MACHE MIR SORGEN... ER WAR AUCH ZUM MITTAG-ESSEN NICHT ZURÜCK.

KANNST DU IHN NICHT MAL MIT DEINEM HANDY ANRUFEN?
NICHT IM TRAUM! ER SOLL MICH ANRUFEN UND SICH ENTSCHULDIGEN.

DER KOMMT SCHON ZURÜCK. ER KANN MIT SEINEM FIESEN CHARAKTER NUR NICHT AKZEPTIEREN, DASS IHM EIN MÄDCHEN DIE STIRN BIETET...

CINEMA LE PALACE
NA JA, SEI'S DRUM! WIR KOMMEN AUCH OHNE IHN ZURECHT, NICHT WAHR?

GUTEN TAG! ICH MÖCHTE BITTE EINE KARTE FÜR "VIOLENT INSTINCT".
DER FILM IST ERST AB 16 FREIGEGEBEN... HABEN SIE EINEN AUSWEIS DABEI?

... IST DER OKAY, WO ICH 48 BIN UND EINEN SCHNURRBART HABE?
ABER JAAA, DER IST IN ORD-NUNG!

DEN HABE ICH IN EINEM AUTO GEFUNDEN.
OOOH, SEHR HÜBSCH, DER SCHNURRBART! HIER IST IHRE KARTE, MEIN HERR.

NA, WAS DARF ES SEIN?
27

BLÖD, DER FILM HAT SCHON ANGEFANGEN!
AAAH, EIN KINO GANZ ALLEIN FÜR UNS!
TRAUM-HAFT!
JA!
DANN HABEN SIE DAS VON ANFANG AN GEWOLLT?!

WIE GEHT DAS EIGENTLICH, DASS DER FILM VON ALLEINE STARTET?
ICH GLAUBE, DAS IST EINES DIESER KINOS, WO ALLES AUTOMATISCH LÄUFT UND VON EINEM COMPUTER GESTEUERT WIRD...

HE, HAST DU SEINE KNARRE GESEHEN? DODJI HÄTTE ES SICHER NICHT ZUGELASSEN, DASS WIR UNS DIESEN FILM ANSCHAUEN!... DODJI MAG KEINE WAFFEN!
JETZT KÖNNEN WIR MACHEN, WAS WIR WOLLEN!
DU SCHAGSCHT ESCH!

OH!
AHA! JETSCHT GEHT'SCH TSCHUR SCHACHE!
ECHT DER WAHNSINN!

WARUM LEGT DIE IHM HANDSCHELLEN AN? IST ER ETWA DER BÖSE?

?!... WAS MACHEN DIE DENN DA?

LOS, SAGT'S MIR! WAS MACHEN DIE DA?
28

... GE-
FÄNGEN.
29

BUHUHUUU! DER BÖSE HAT MIR ANGST GEMACHT!
JETZT HÖR AUF, TERRY... DAS WAR DOCH NUR EIN FILM!
CINEMA

BEI DER SZENE MIT DER LEICHE, DIE KEINE AUGEN MEHR HATTE, HABE ICH AUCH RICHTIG SCHISS VOR DIESEN VERFLUCHTEN KREATUREN BEKOMMEN!
ICH WILL NICHT, DASS MAN MIR DIE AUGEN AUS-REISST!

ICH SAGE EUCH, WENN DODJI DABEI GEWESEN WÄRE, HÄTTE ER UNS ZU RECHT VOM BESUCH DIESES FILMS ABGEHALTEN.
HE, NUN FANG NICHT WIEDER DAMIT AN.
BUHUUU-HUUUUU!

117

RUFST DU IHN JETZT BITTE AN?... ICH MÖCHTE, DASS ER ZU UNS ZURÜCKKOMMT.

OKAY... WENN DU UNBEDINGT WILLST.

YES!... ER HAT ZUERST ANGERUFEN UND MIR EINE NACHRICHT HINTERLASSEN!

UND?... WAS SAGT ER?
30

BAM

HIIIINK!
!
!
!

LAUFT WEEEEEG!
ZU SPÄT! WIR MÜSSEN IHM AUSWEICHEN!

NACH LINKS ODER RECHTS?
NACH UNTEN!

FFRRRRRRRRRRRRMMM

AAAAH!
... ZUM HOTEL, SCHNELL!

31

KRIIIINN
KR!

DIE DACHRINNEN HALTEN NICHT GENUG AUS...

ICH BIN SICHER, DER TYP WIRD VERSUCHEN, DIE ANDEREN FERTIGZUMACHEN... SIE BRAUCHEN MICH!...

...UND ICH KANN NICHTS TUN!

MAJESTIC

UND WIE KOMMT DODJI REIN, WENN ER ZURÜCKKOMMT?

WIR WERDEN ERST NACHSEHEN, OB ER ES IST, UND IHM DANN AUFMACHEN!
UND WENN ER NICHT ZURÜCKKEHRT, WEIL IHN DER ERWACHSENE GETÖTET HAT?...
32

ABER... ER DARF UNS NICHT TÖTEN! WIR SIND DOCH KINDER!
WACH AUF, CAMILLA! DENK AN DEN LASTWAGEN! UND DANN DIESER ENTSETZLICHE MANTEL, DEN DER TYP ANHATTE! DAS IST **EIN BRUTALER PSYCHOPATH!**

DODJI KRIEGT ER NICHT... DER WIRD ZURÜCKKOMMEN...

ABER WER IST DIESER ERWACHSENE? UND WAS WILL ER VON UNS?
DAS IST EIN SERIENKILLER... DER NENNT SICH SICHER "DER HERR DER MESSER" ODER SO ÄHNLICH! DER HACKT EINEM MENSCHEN DEN KOPF AB UND SCHLÄGT DANN DAMIT GEGEN DIE SCHEIBE DEINES AUTOS WIE IN DIESEN HORRORROMANEN!

ABER WARUM SCHLÄGT ER EINEN KOPF GEGEN DIE SCHEIBE? DAS BRINGT DOCH GAR NICHTS!
NUN... VIELLEICHT MORST ER DAMIT: "ICH BRINGE EUCH ALLE UM!"
PSST! HABT IHR DAS GEHÖRT?

DAS WAR EINE VON MEINEN FALLEN. DAS KAM VOM NEBENEINGANG FÜRS PERSONAL!
ICH HABE ANGST!

GEH DU VORAN! DU HAST DIE PISTOLE!
HIER! SIE GEHÖRT DIR! NIMM SIE! SCHNELL!

DAS IST ECHT SCHAUERLICH! ICH KOMME MIR VOR WIE IN *SHINING!*

33

RHAAA!...DAS WAR EINER VON DEINEN VERFLIXTEN HAMSTERN, DER DIE FALLE AUSGELÖST HAT, CAMILLA!

FIFIIIIIII!
TUT MIR LEID... ABER WAS HATTE ER AUCH AM NOTAUSGANG ZU SUCHEN?
ER WOLLTE AUS DIESEM VERDAMMTEN HOTEL FLIEHEN UND LANDETE NUN GERADEWEGS IM HAMSTER-PARADIES... IRONIE DES SCHICKSALS.

HIIIIIIIIIIIIIIIIIIIII

DU KANNST IHN NICHT VERFEHLEN! ER STEHT MITTEN IM GANG!
ACH JA?

BLAM
TAK

DAS DARF NICHT WAHR SEIN?! MACHST DU DAS ABSICHTLICH?!
ZIEL GENAUER, HIMMEL NOCH MAL!
RHAAA!
ICH TU, WAS ICH KANN!

BLAM
BLAM
TAK
TAK

BLAAAMM

BLAAAMM

... ICH DARF NICHT LÄNGER ÜBERLEGEN.

35

ICH KANN'S NICHT GLAUBEN, DASS DU IHN VERFEHLT HAST! DU IDIOT!
DU GEHST MIR MÄCHTIG AUF DEN GEIST! DANN MACH'S DOCH BESSER, WENN DU KANNST.

... ZIEL GENAU! WIR HABEN NUR NOCH EINE KUGEL!
ICH WEISS! MACH MICH NICHT VERRÜCKT!
SO IST DAS, WENN EINER NÖRGELT!

KOMM NÄHER, DU SERIENTÄTER!... DIR WERD ICH'S ZEIGEN!

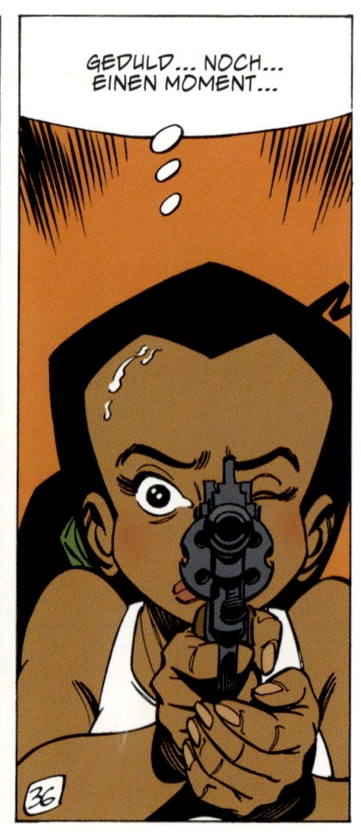
GEDULD... NOCH... EINEN MOMENT...
36

HNNNNN...
SKLING
TING...
KLING

HAAAaaaa
BLAM

KRAK

BLANG

Hiiiiiiiiii

SCHNELLER, YVAN!
WARTET, ICH... ICH HABE MICH GESTOSSEN...

?!

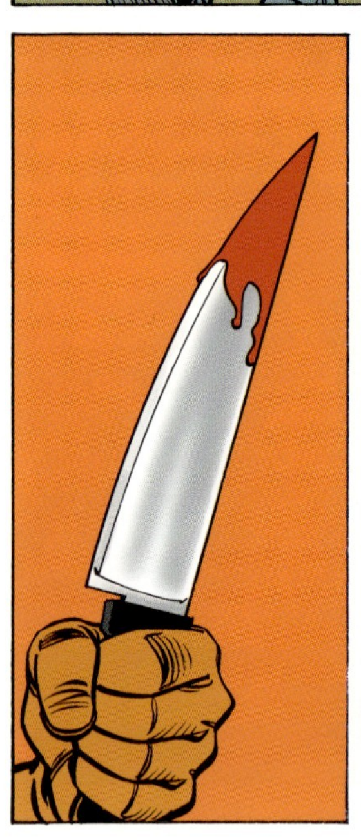

WIR... WIR MÜSSEN AUF DIE WUNDE DRÜCKEN, NICHT WAHR?
... ABER WARUM TUT ER UNS DAS AN?

WARUM MACHEN SIE DAS?

HÖR AUF, DU DRECKSKERL!
38

... ODER ICH SCHWÖRE, ICH SCHLAGE DIR DEN SCHÄDEL EIN...

HANNN

SKLING

AAH!
39

LOS, DODJI!

SEINE ARME SIND LÄNGER ALS MEINE...

ICH MUSS NÄHER HERAN... IHN ERMÜDEN.

VOR JEDEM SCHLAG AUSATMEN... MEINE RIPPEN SCHÜTZEN.

EIN-STECKEN, BIS ICH SELBST ZUSCHLAGEN KANN... DANN ABER KNALL-HART.

JETZT!

AAAHHH

HHHH... HHHH

HNNNNN!
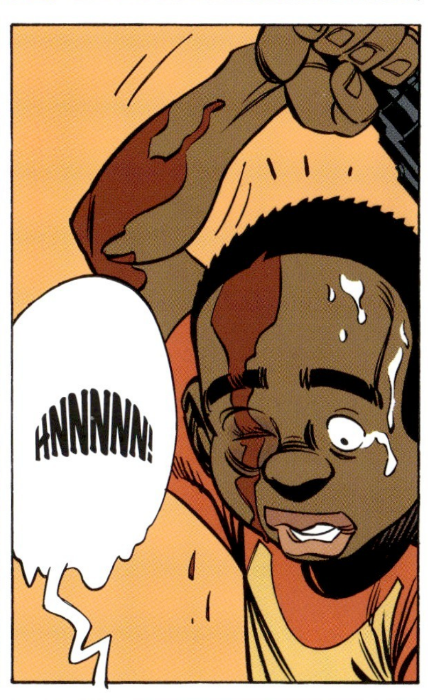
HNNNNN!

HNNNNN!

HNNNNN...
HNNHNNNNN!

... DAS IST JA AUCH NUR EIN KIND?!
41

GEHT ES DIR BESSER?
JA!

DAS KOMMT DAVON, WEIL ICH IHM MEINE SCHÖNSTEN KUSCHELTIERE GELIEHEN HABE. SIE HABEN IHN BEWACHT, WÄHREND ER SCHLIEF!
HE, LANGSAM, SONST ERSTICKE ICH!

DU HAST GROSSES GLÜCK GEHABT, DASS DICH DAS MESSER NICHT SCHWERER VER-LETZT HAT...
SEIN MAGEN JEDENFALLS IST INTAKT.

UND WIE GEHT ES DODJI?
ER IST ETWAS ANGESCHLAGEN, ABER DAS WIRD SCHON WIEDER.

ER HAT SEIT GESTERN KEIN WORT GESAGT. ER IST UNTEN GEBLIE-BEN, BEI DEM... ANDEREN.

HELFT MIR... ICH WILL DEN KERL SEHEN.

WIRK-LICH?
JA... DAS IST WICHTIG.
42

ALTER DRECKSKERL! ELENDES MISTVIEH! VOR DIR HABE ICH KEINE ANGST!
HNNNNN!

JETZT GEHT'S MIR BESSER!
STINKIGER KACKA-FURZ!
HNNNN... HNNN...
VER-STEHST DU UNS, DU ZU SCHNELL GE-WACHSENER WIDERLING?

DER IST JA VÖLLIG DANEBEN!
ER KANN NICHT MAL REDEN!

DU FRAGST DICH SICHER, WAS WIR MIT DIR MACHEN WERDEN, NICHT WAHR?
WIR WERDEN IHN FREI-LASSEN!

WAS?!

ABER ER WOLLTE UNS TÖTEN!
VIELLEICHT MEINTE ER, DASS IHM DIESES HOTEL GEHÖRT... ODER DASS WIR FÜR IHN GEFÄHRLICH WERDEN KÖNNTEN... IST MIR AUCH EGAL.
43

ICH WEISS NUR, DASS WIR IHN NICHT EWIG IN DIESEM HOTELKELLER ANGEKETTET LASSEN KÖNNEN.
UND WARUM NICHT?!

MEIN STIEFVATER HAT MICH IMMER IM KELLER EINGESPERRT, WENN ER ZU VIEL GETRUNKEN HATTE UND MÜDE WAR VON DEN SCHLÄGEN, DIE ER MIR GAB.

ICH HABE IHN GEHASST WIE KEINEN ZWEITEN.

... DAS HAT DEN DRECKIGEN SUFFKOPF UMGEBRACHT.

ICH WILL NICHT WER...

HHH... HHH... ICH WILL NICHT WERDEN WIE ER!...

SCHEISSE, ICH WILL NICHT WERDEN WIE ER!
44

DODJI, WIR SIND FERTIG!
BRRM
BRRRRR

KOMM SCHON, WIR WOLLEN LOS!
DIE ANDEREN STÄDTE WARTEN AUF UNS!
45

IM BUS SIEHT'S AUS WIE AUF DEM FLOHMARKT!...
NA JA, DIE INNEN-AUSSTAT-TUNG MACHEN WIR SPÄTER FERTIG.
MUSS-TEST DU EIGENTLICH DIE GANZEN SPIELSACHEN MITNEHMEN, TERRY?
ICH REISE NICHT OHNE MEIN SPIEL-ZEUUUG!
ARRRH... DAS KANN JA EINE LUSTIGE REISE WERDEN!

WUÄÄHH WUÄÄHH

WUÄH WUÄH

SCHHH... SCHHH...
HH... HHH...!!
46
FARBEN: CERISE

SCHHH...

VEHLMANN GAZZOTTI